288 / 1999 Field

2016

사랑, 그 속의 삶

이 재 원 시집

문학의 문학

첫 시집을 내며

제게는 소중한 첫 시집입니다.
너무나 떨리고 조바심 납니다.
부족한 게 많지만, 너그러운 마음으로
읽어주시길 바랍니다.

시집을 내기까지, 제 등단작품을 평해 주시고
격려해 주신 감태준 선생님께 깊은 감사를
드립니다.

그리고 기꺼이 해설을 맡아 주신 우영창 선배님,
고맙습니다. 평소에 좋아했던 장석주 시인의
추천의 말씀, 또한 저에겐 큰 기쁨입니다.

그리고 친구인 구기수에게 특별한 고마움을
전합니다. 무엇보다 제 작품을 읽어주실
분들에게 두고두고 고맙다는 말씀 드리고
싶습니다.

2016년 1월
이 재 원

차례

2부 / 밑의 집 개 울보

3부 / 메기의 비늘

4부 / 친구 그리워

5부 / 머리인지, 혹인지

6부 / 시작은 그랬어도

1. 취업 전쟁

취업 전쟁

대학 마치자마자 일자릴 찾아 나섰다
안주머니에는
어둡게 살았으나
꽃을 심는 마음만은 봄이었다는 자기소개서,
수학 경력밖에 없으나 정성들여 쓴 이력서,
수석과 차석, 중상위가 뒤섞인 성적증명서,
주민등록등본

광고전단지와
PC를 뒤져 찾아낸 회사의 지원조건, 근무여건을
낱낱이 파악한 비밀문서는
머릿속에 넣고 다녔다

똑똑, 안녕하십니까?
간담을 싸늘케 하는 과장님
정말 간 떨어지게 하는 사장님과 면담한 후
"집에서 기다려 보십시오."라는
나지막한 말소릴 듣는다

기다림은 합격과 탈락의 씨름판을 벌여놓고
종일 나를 일으켰다 쓰러뜨렸다

진을 뺀다
발표 당일에 걸려오는 전화가
이번에도 취업재수생의 탄생을 공표하면
나는 또..
나는 또..
마음은 언제나 봄이었다는
자기소개서를 다시 읽는다

뽀얀 라면

눈물 떨어진 라면이
뽀얗게 웃고 있다

비록, 퉁퉁 불어터진 면발과
소반의 시큼한 쉰 김치로
쓰라린 위장을 채우지만
난, 알고 있다

외롭고도 힘든 세 평짜리 눅눅한 자취방에서,
여기 저기 금이 간 시멘트벽 낡은 벽지
퀴퀴한 곰팡이와 살을 비비고
기괴하고 음산한 거미줄을 쳐 대는 거미와
동거하는 법을 배우고

세상을 뒤집어 삼키는 천둥과 번개에 소스라쳐
한동안 공포와 외로움으로 잠 못 이루고

별 거 아닌 감기에조차
앉아 있을 힘없어 밥 한 숟갈 뜨지 못하고,
애써 눈물 삼키며 보고픈 얼굴을 잊으려는 사람
들은 인생을 알 수 있다고

더 나아가
가슴 깊이 희망의 싹을 틔우고
그 싹이 꽃망울을 맺기까지
묵묵히 피땀을 흘리며 꿋꿋하게
앞으로 나가노라면
비로소 인생의 참뜻을 알 수 있다고

난, 오늘도 불어터진 라면을 먹고 있지만
뽀얗게 웃고 있다

출근 전쟁

누구는 포근하게 잠든 시간
떠지지 않는 눈을 비비며 세면을 한다
어머니가 차려주신 아침밥을
먹는 둥 마는 둥
헐레벌떡 집을 나선다
숨 막히는 버스를 타고 출근 전쟁에 동승한다

버스에서 내리면
김밥 옆구리 터지는 전철에
2차 선전포고를 한다
술 냄새 풍기며 조그만 손잡이에
체중을 실은 사람,
신문 보는 사람,
졸고 있는 사람,
그 모두가 또 하나의 나다
어제의 나
오늘의 나
어쩜 내일의 나

마침내, 종착역 도착
인파를 헤치고 나아가면

아, 태양은 저토록 도심 위에도 떠 있다

그렇게, 출근전쟁을 치르고
개선장군이나 된 듯 사무실 문을 민다
그런데 느닷없이 터져 나오는 이 한숨
괴로운 신음인가
아니면 제 3차 선전포고인가!

일당잡부

일당잡부 소개소 가는 아저씨
초췌한 옷차림, 희멀건 눈동자, 술에 쩐 입 냄새,
노동의 구릿빛 살결과 각진 주름살,
작업복과 세면도구로 채운 작은 가방,
이 전재산을 갖고
어디로 팔려나갈 것인가를 생각하는 그는
무려 일당 오만 원 인생

공사현장엔
하루치 삶이 재건축된다
아무나 덤비지 못하는 일을
숙련된 동작으로 해치우며
노가다판의 걸쭉한 匠人으로 등극한다
하지만 진급심사 명단에는
그의 이름이 없다

그에게는 먼지의 아수라장 속,
안전사고의 가능성을 무시할 수 있는
스턴트맨의 기질이 있다
운수 대통한 날만 찾아오는 뜻밖의 위험수당을
챙길 기쁨을 생각하는

이글대는 태양이 지고 나면
땀에 젖은 등허리를 굽히고
수수료를 뺀 일당을 챙긴다
재래시장에 들러
소주 한 병과 찬거릴 사 들고,
절름발이 애비를 기다리다 지쳐 잠들었을
딸내미가 있는 낙원으로 돌아간다

그는 오늘도 행복하다
오직 자신만을 바라보는 딸내미가 있기에

사업 11년차

조그만 구멍가게 개인사업자,
사업자 내는 방법도 몰랐다
그래도 꿈이 있어 죽기 살기로 살았다
못났기에 매진하였고, 흔히 말하는
성공과 명예를 위해 일하였다
밝은 앞날을 위해 매출과 규모를 키웠고,
키운 만큼 희생의 대가도 치렀다

다행히, "을" 이라는 나를 도와준 지인이 있어
그만큼 살아 나갈 수 있었다
하지만, 미래란 예측하기 힘든 법
빨간 딱지, 밀려버린 급여, 세무조사, 갑자기
늘어난 6억의 빚

몇 억을 투자해 개발한 제품은 팔리지 않고
마침내 스스로 그만 두는 직원들
그리고 내가 해고할 수밖에 없었던 직원들
모든 걸 참아내야 했다

믿었던 사람의 배신...등을 돌린 사회친구...
직원으로 채용해서 같이 일하다가 회사 차리고

거래처 빼앗아 갔던... 믿었던 ...
이용당하고, 그래서 내가 끊어야 했던
세상살이의 인연들
뜻하지 않게 생긴 공황장애,
숨을 쉴 수도 없는 공포와 무서움...
한 끼 식사조차도 할 수 없었다
오로지 깡소주와 몇 천원의 과자로
잠을 청하였던 날들

달면 삼키고 쓰면 뱉는
문득 아담과 이브, 뱀이 생각난다

살아남아야 하리라
분명히, 꿈꾸던 미래가 저 어디서...

먼지

뒷머리를 쓸어내리며
한숨을 쉰다
바삐 걷는 사람들보다 더 빨리
가고자 했던 숨 가쁜 내 머리 위에
지금 먼지가 내려 쌓이고 있다

철거 직전 육교를 바람이 때리고,
구토를 참고 있는
술 취한 사내는 난간에 고갤 숙이고 있다

별도 없는 밤거리
얼음장손으로 바람을 가려보며
몇 번이고 담뱃불을 켠다

울컥 신물이 입술 사이로 삐져나오고,
이내 먼지가 씹힌다

머리에도 입속에도
그리고 글썽이며 바라보는 시야에
먼지가 자욱하다.

진화하는 꿈들

향기로운 젖내음을 풍기던 순수한 꿈들은
뼈대를 이루는 성분과 굳기에 따라
거룩한 시험관 자궁 속에서 진화한다

인생의 길을 좌우하는 진화의 과정은
적응할 만큼 진행되지만,
서서히 드러나는 부작용은
생활을 무너뜨릴 만큼 강력하다.

끊임없이 부풀리고, 줄어드는
꿈들의 고통을 느끼는 자궁은
당당하게 곧추서려는 의지를 꺾고
능력을 무화시키기도 한다

순수하고 뜨거웠던 열정의 꿈들조차 분해되고
미래가 불투명한 꿈들로 재생된다
그러면, 등급이 매겨진 인큐베이터에 옮겨져
주기적으로 성장촉진제를 맞게 된다

그 약효에 의지해서 세상을 헤쳐 나가려 하지만
헤픈 웃음과 눈물의 기저귀에

모욕과 상처의 고름을 배출하는 시간이 늘어난다
삶은 이유 없이 축소된다
무언가를 해야 하고, 그 무언가에 열중한다
낯설고 힘들지만 차차 익숙해진다

때로는 강렬히 되살아나는 의식으로
기억 속 꿈자락을 들춰보지만
형태도 빛깔도 희미하다

그렇게
사람들은 무감각하게 살아가고...
어느 날 문득 아픔이 느껴지는 날이 오긴 올까
진화하는 꿈을 다시 꿈꾸긴 할까

울면서라도

탓 한다고 될 일은 없다
내가 제일 좋아하는 게 탓하는 것이고,
습관처럼 지금도 그렇게 한다
탓해야 내가 편하고,
내 잘못된 생각과 말들이
그나마 위안을 얻기 때문이다

그렇다고 나아지는 건 없다
더 어두컴컴한 나락 속으로 빠져들 뿐
중력을 거슬러 한 순간 하늘로 솟구치는
용으로 바뀔 리야

한숨을 쉬며 방황할 때
나의 수호천사도 그만 지쳐
몽유병에 걸리지 않을까
어쩌면 최면에 걸린 나는
암흑의 바다를 표류하며
사라져간 하늘의 별자리를 꿈꾸면서
탄식하게 될까

그렇다고 나아지는 건 없으리

하나의 밝은 말, 하나의 맑은 생각이 길을 트고
삶의 비애를 감당할 수 있을 터인데...
앞날을 비추일 등대일 수도 있을 텐데

차츰 나이가 들어 눈은 멀고, 못 걸어도,
그래서 피눈물이 나와도,
울면서라도 밥은 먹어야 하지 않을까
그래도 내 하나뿐인 목숨이기에

2. 밑의 집 개 울보

노파의 청산도

육교 위에서 청산을 동무하여 사는 노파

국자에 설탕 떠 넣고 이삼 분
달궈진 연탄불에 올려놓고 저으면
나무젓가락 끝에서 꿀물처럼 풀리는
설탕의 입자들,
소다로 몸 부풀리고 나면
양철 모형 틀에서 사슴과 토끼, 봉황,
개똥벌레로 태어나
플라스틱판에 오른다

노파의 손놀림이 익숙하다

커피 향처럼 날아간 날들
청산 지나 가난에 든 날들을 지나
육교 위 봄볕에 든 노파는
손에 얼굴에 고랑져 흐르는
주름살 피어난 검버섯 서럽지 않은 듯
서러워도 서러워할 틈 없는 듯,
앞서 판에 올린 사슴 옆에
친구 사슴과 토끼를 풀어놓는다

노파의 청산도인가
풀 한 포기, 나무 한 그루 없는 플라스틱 산,
노파는 방금 틀에서 뽑은 개똥벌레를
사슴의 발아래,
봉황은 토끼 머리 위에 풀어준다
노파가 거느리는 짐승과 곤충이 사는 구도,
이틀 전인가, 그때도 저 구도를 보았다
오누이 같은 어린이 둘이 와서
토끼와 사슴 둘을 사갔다
나는 오백원짜리 동전 하나로 봉황을 산다

순간 개똥벌레 혼자 남은 청산의 풍경이
여간 쓸쓸해 보이지 않는데
노파의 만면에 묽은 미소가 번진다
살아야 하는 길
청산을 그리고 비워서 사는 길
이 세상 남은 육교 건너는 손이 바쁘다

국자에 설탕을 떠 넣는 시간도 바쁘다

붉은 눈물의 할아버지

붉은 눈물을 뚝뚝 흘리는
모래의 바다
바람이 부는 대로
구름이 흘러가는 대로
모래의 바다

그곳에서
쥐며느리처럼 허리가 굽고
몇 겁의 세월을 받아들인 할아버지,
슬프지만 막힘이 없는
막힘이 없는 슬픔의 노랠
부른다네
"슬퍼하지 마시오
그런 것이니
슬퍼하지 마시오
언젠가 기쁨의 날 오리니"

雨期의 비가 주름투성이 몸을 무겁게 해도
乾期의 가뭄이 늘어진 영혼을 쩍쩍 갈라놓아도
구름이 흘러가는 대로
붉은 눈물을 뚝뚝 흘리며

노랠 부르는 할아버지.
“슬퍼하지 마시오
모든 게 그런 것이니
기뻐하시오
모든 게 그런 것이니”

쥐며느리처럼 허리가 굽고
몇 올 안 되는 머릴 쓸어 올리는 할아버지
바람이 부는 대로
구름이 흘러가는 대로
킬리만자로의 만년설처럼 그렇게 서 있네

밑의 집 개 울보

우리 집 밑에 사는 개는 울보다
사무치는 恨이 있는지 허구 헌 날 울어댄다
기분을 잡쳐 혼구멍 내 줄 생각을 하였다

놈은 여전히 돼지 멱따고 있었다
꺽꺽거리는 그 지겨운 소리만큼이나
볼품이 없었다
누리끼리 제 멋대로 뻗은 털, 야윈 몸통,
붉게 충혈된 눈,
이상하게도 혼내 주고 싶은 마음을 증폭시켰다

나를 발견한 울보는 더 큰 소리로 울어대다
갑자기 뚝 그쳤다
게다가 꼬리까지 살랑살랑 흔들어 댔다
이윽고 우리의 시선이 마주쳤다
그 순간 난 지독히도 외롭고 슬픈 울보의
그 무엇을 느꼈다

발길을 돌렸다
밑의 집 개 울보처럼 어디에선가
피눈물을 흘리고 있을 사람들,

따스한 태양이 내려 쬐고 있는 이 순간에도
아무도 모르게 차디찬 골방에서
죽어가는 그들을 나는 떠올리고 있었다
그런 내 등에다 대고
밑의 집 개 울보가 또 죽어라 울어댄다

바퀴벌레

우리 집에도 식탁이 있다
누구 말마따나 단란한 식탁
이곳에서, 우리는 흐드러지게 핀 튤립처럼
맛난 음식을 정갈하게 먹으며
生의 기쁨을 찬양하고 또 만끽한다

어느 날 새벽이었다
자다 말고
목구멍을 눈을
헤집고, 두뇌를 강타하는 갈증
떠지지 않는 눈을 부비며
물 마시러 식탁으로 총총 걸어갔습니다.

불을 켰습니다
정수기 앞으로 돌진해 나아갔습니다
환했습니다, 까무라쳤습니다
수많은 바퀴벌레가,
헤아릴 수도 없는 바퀴벌레들이
식탁과 정수기 위에서 환호성치며
흉물스런 주둥이를 촉각세우고 있었죠
나를 빤히 쳐다보고 있었어요

그러더니, 순식간에 사라져 버렸습니다

물이 다 뭡니까
불도 못 끄고
쏜살같이 방으로 돌아왔습니다

그 후로 이건 식탁이 아니었습니다
밥을 먹을 수 없었죠
가족들은 걱정이 태산이었습니다
어디에선가 나를 뚫어지게 보고 있는,
아니 우리 가족을 째려보고 있을
그 놈의 바퀴벌레들을
잊을 수 없었습니다 ……

뭐 이제는 번듯이 바퀴벌레 약을 사와
아무렇지 않게 놈들을 잡고 있습니다
정 급할 땐 손을 사용해서 잡기도 하면서요
그렇게 고생대부터 끈질기게 살아온
바퀴벌레와 살고 있습니다, 사이좋게

산토끼의 진실

나는 조그마한 산토끼다
산천초목 뛰놀면서도,
연약한 고깃덩이를 노리는 들짐승을 피해
숨어 다니는 산토끼다, 나는

처음엔, 모든 게 신기하여
발정난 호기심으로 기웃거리고 다녔지만
살이 몽실몽실 올랐을 무렵엔,
좋고 신기한 것에도 식상해버려
굶주린 입구멍을 틀어막기 위한 궁리만 했다

그리고, 포만감 후의 식곤증인양
야실한 암컷에 눈독을 들였다
발기한 아랫도리와 다시 쪼그라드는
위벽을 위해 천방지축 날뛰었다. 그렇게,
그렇게 지쳐갔다

돌뿌리에 걸려 상처를 입고,
발톱 세운 수리나 들짐승에 목숨을 잃을 뻔 하고,
독이 서린 먹이를 섭취해
죽음을 넘나들기도 하면서,

그렇게
아픔을 핥아내며 살았다

때론 심장을 도려내고 싶었다
그 고단한 심장을 꺼내 바싹 태우고 싶었다
그러나, 난 태어날 때부터 산토끼였기에
거북의 등을 타고 용궁에 갈 수 없었다
그렇게, 인간들에게 회자되던 별주부전이
떠난 후, 비로소 나의 운명을 알게 되었다
'죽을 때까지 겅중겅중 뛰어야 한다' 는 사실을

예수는 어디에

무심코 곁을 스쳐 가는 저 사람이 예수인가
시장에서 행상을 꾸려 나가는
주름살 할머니가 예수인가
실직 당하고 이혼하고 길거리에 나앉은
아저씨가 예수인가
작업장 기계에 팔다리를 잃은 장애자가 예수인가
세상에서 외면당하는 지체부자유자가 예수인가
무슨 죄를 졌나, 매일같이 남편한테 구타당하는
아줌마가 예수인가
병든 부모 약값 보태려 몸을 파는
거리의 아가씨가 예수인가
교통사고로 부모 잃고 소녀가장 된
초등학생이 예수인가

하루도 빠짐없이 드리는 새벽예배,
정성껏 바치는 십일조와 헌금,
오늘도 거르지 않는 말씀묵상과
소리 높여 드리는 찬양,
기도로 시작되고 기도로 끝나는 하루
그리하여 정기노선 버스처럼 예수가 오시리니

사랑이 예수요, 예수가 사랑이라 했던가...
기도원에서, 골방에서, 예배당에서 예수가 뱅뱅
맴을 돈다

하나님이 말씀하시기를,
"네 이웃을 네 몸과 같이 사랑하라"
이웃은 어디 있나
예수는 지금 어디쯤 가고 있는가

모기에게 권하노니

어디에서 날아올지 모른다
윙윙윙 위협의 소리를 내며 날갯짓하는
얄미운 모기한테 물려 너무 가렵다
피가 날 정도로 긁어 보고
약을 발라보기도 하지만
가려움은 좀체 가시지 않는다.

짜증나지만 굳이 세어본다 몇 번 물렸는지

매일같이 모기향을 피우지만,
달콤하다고 생각하는지 오늘도 달려든다
정말이지 향기로 죽이고 싶지는 않다
멀리 가서 죽은 물고기나 좀 먹으면 안 되겠니

탈북자 이야기

노동을 했고 가난했습니다. 배가 많이 고팠죠
지금도 배고픕니다. 이젠 걸을 힘도 없네요
고향에 남동생을 남겨두었어요
죽음의 두려움 속
송곳처럼 찌르는 추위의 두만강을 건넜죠
옷깃엔 청산가리를 숨겨 두었어요
걸리면 차라리 죽는 게 낫죠

마침내 강을 건넜지만 갈 데가 없었어요
무섭고 초조했죠
조선족 아저씨가 나타나 숨겨주더군요
새 옷과 화장품을 받았어요
따뜻한 물로 더러운 몸도 씻었죠
허겁지겁 밥도 먹었어요
고마운 사람이었어요…

이틀 뒤 아저씨 자동차를 타고
접선장소로 나갔어요
간첩이 된 건 아니에요
직업소개소 같은 곳이었죠
난 5천원(한국 돈 75만원)에 팔려

노래방에서 일하게 되었어요. 숙식은 무료였어요.
남조선에서 온 멋진 남자동무들과
술 마시며 노래도 불렀죠.
동포라 다르더군요.
친해지고 위로도 받고, 때로는 돈도 받았죠.
돈 벌자고 타역만리까지 온
애틋한 남동무들 아니겠어요.
따뜻하게 품어 줘야죠.

내 하루 품삯은 5원이었어요. 괜찮은 벌이죠.
밥도 배불리 먹고 돈도 벌고...
그런데, 항상 쫒기는 느낌 있죠, 왜.
중국 공안들과 날 팔아넘기려는 인민들이
득실하니까요.
그건 자업자득인가요.
조국의 배신자,
그리고 남동생을 버리고 떠난 몹쓸 년...
그게 나죠.

하지만, 난 감사하고 있어요.
남동생 생각에 눈물이 블라우스를 적시지만
꿈을 키우고 있죠. 뭐냐고요?
어서 돈을 모아 동생을 탈출시켜
같이 사는 거랍니다.
더 바란다면, 가짜 호구를 마련하는 일과
5만원을 모아 꿈의 나라 남조선에 가는 것이죠.

꿈이 거창하다고요?
저 고생도 꽤 했고 정말 남조선에
가 보고 싶답니다.
그러려면 더 열심히 일해야겠죠.
이제부터 술시중도 더 잘 들고
좀 이쁘게 보일 거에요.
이쁘면 돈도 더 벌죠.

그날 밤 탈북자 아가씨는 꿈을 꾸었다.
남동생 손을 꼭 잡고, 북조선 하늘을 넘고,
IMF 남조선 하늘을 넘고,
마침내 드높은 하늘 위로 飛上하는 꿈을.
그 꿈을 짓밟으며 공안이 다가오고 있었지만
아직은 행복하였다.

3. 메기의 비늘

메기의 비늘

추억도 습관인가
화장실에서 신문기사를 읽다 문득 떠올린다
날쌘 메기 한 마리

어린 시절
앙상한 뼈가 드러난 가슴에
그래도 눈망울은 살아 껌벅이며
내 손길이보다 두 배쯤 큰 메기를 잡느라
시간 가는 줄 몰랐던 때,
바퀴벌레만큼 느낌은 징그러웠지만
손바닥에 몰려드는 포획감은
어머니 젖가슴을 보듬는 것보다 좋았다

개천을 쏜살같이 미끄러지는 메기를 잡기란
무척 어려웠다
그 놈의 진로방향,
거센 물줄기의 압력,
움켜잡기엔 턱없이 작은 손
번번이 놓치다 마침내 포획한 황금빛 물고기는
번뜩이는, 어떤 희망이었지

그때의 행복,
그 행복했던 추억이 왜 하필
여기 화장실에서 되살아오나
배설욕구가 해소되며
마지막 용변이 좌변기 속으로 침몰한다
충만감 때문인가,
눈가에 추억이 맺혀
그 눈물 한 방울 소리 없이…

사랑, 그 속의 삶

네게 가기 위해
남발했던 뜨거운 열정

너를 이루기 위해
거세게 껴안았던 힘찬 포옹

너와 내가 하나 되기 위해
세차게 빨아들였던 붉은 입술

그랬던가
'하나' 가 되었다고
앞으로도 '하나' 가 되겠다고
무릎 끓고 조물주 앞에 맹세했던가

그러나 '하나' 란 머나 먼 길
체념과 부정의 굽은 길들 위에서도
'그렇게 돼야 해' 하고 자맥질했던 시간들

지금
우리 곁에 남은 건,
"그렇게 사는 거야" 라는

습관의 삶
수용할 수도, 거부할 수도 없는
사랑, 그 속의 삶
달면 씹고, 써도 뱉어내지 못하는
삶, 그 속의 사랑

외로움

나잇살을 먹어
어른 같지 않은 어른이 되었다

부끄럼도 없이 고추를 내밀고 다닌 꼬맹이 때부터
성공의 찬란한 아궁이를 가슴에 품고
연신 땀을 흘리며 야망의 불쏘시개로
뜨겁게 불을 지펴 왔다
매캐한 연기에
눈물을 훔치고, 하늘을 올려다보면
기약 없이 흘러간다는 시계 바늘과
덧없이 흘러간다는 뜬구름은
나랑 상관없는 별세계였다

어리숙하고 코 흘리던 개구쟁이 녀석이
굵어진 음성과 뻣뻣한 털이 돋게 된
사내가 되었지만,
적어도 내겐
멋진 연기를 흩날리며 입에 문 담배,
흥을 돋우고 기분을 달래 주는 술,
사각형의 미로를 뽐내며 헤쳐 나가는 당구는
하나의 사치, 허영의 그림자였다

대단한 산업역군도 아닌데
속이 꽉 들어찬 알짜배기도 아닌데
조그만 소망과 목표를 향해 끈질기게 줄달음질쳤다
보통 사람들이 추구하는
소위, 신분 상승에의 줄기찬 도전이 아닌
내 나름의 삶의 正道를 향해 매진하였다
그런데, 어느 날부터
피땀 흘려 축조한 나의 城이
기우뚱거리기 시작했다
거대한 폭풍우나 사나운 회오리바람,
복수의 칼날을 휘두르는 폭력이 아니라
소슬히 부는 微風에 의해 무너져 갔다
도대체 어디서 시작되고 어디서 끝이 나는지
전혀 파악할 수 없었다

두터운 갑옷과 뾰족한 창을 들고 싸웠지만,
유혹의 유령과 싸웠던 용맹과 투지는
사라져 버리고
패배의 돌팔매질에 만신창이가 되어 버렸다
어렸을 때부터 익히며 응용해 온 투쟁의 방식은
소용이 없었다
항복할 수밖에 없었다

그러자 그 놈이 찾아왔다
허락도 없이 내 가슴을
제 맘대로 들락거리더니

이제는 아주 자리를 잡고 들어앉을 작정이었다
그 놈의 이름은
외……로……움

놈을 떼어내기 위해 기도도 해보고
아름다운 여인을 사귀어도 봤다
그때뿐이었다
집으로 돌아가는 밤거리에서
텅 빈 사무실에서
그리고 어느 날은 국밥을 먹다 말고
놈이 찾아 왔다

내일도, 알 수 없는 어느 시간에
놈은 또 찾아오겠지
어쩌겠나, 빚쟁이인가 하리라
아니 오랜 친구인가 하리라

그리고 어쩜
놈과 함께, 무너진 내 城을 다시 세우리라
놈을 그 城의 문지기로 세워 두리라

하고 싶어라

밥을 먹어도
먹고 싶어라

잠을 자도
자고 싶어라

여자와 사랑을 나눠도
하고 싶어라

도대체
뭐가 그렇게 하고 싶단 말인가?

그래도,
그래서,
하고 싶어라

고독

나는 더 이상 님을 찾지 않는다
나를 찾는 님도 없다
그래도 바람은 분다
그러나 조용히 내 곁을 스쳐갈 뿐
그 어떤 말도 하지 않는다

대상없는 사랑과
염치없는 식욕과 성욕,
남루한 삶을 치열하게 만드는
방부제인가
미련 많은 세상살이에 대한 그리움인가

고통과 행복의 순환 속에서
시간은, 존재는
깊어만 가는데

세상은 아직도 세기말
진실은 드러나지 않는다.

그 어디에서 살다
그 어디에서 죽을
그렇게 피고 지는 아련한 인생이련가

돛단배

망망대해를 항해하는
외로운 돛단배

해가 뜨고
달이 져도
항구는
보이지 않네
말없는 바다는
넓고도 깊어

백발 같은 주름살이
주렁주렁 열리고

세찬 물결을 가르는 나침반에도
숱한 이끼가 돋았네

그렇지만 이 어둠 속에서도
갈 길을 밝혀주는 총총한 별들은
유난히 반짝이네

추억

커피가 놓인 테라스의 밤

후두둑 떨어지는 빗소리
담배연기에 젖어들고,
내 눈에 까닭 모를 눈물이 맺히네

아득한 저 하늘은
그리운 사람일랑 다 잊었나
하염없이 빗줄기만 보내오네

아, 떠나버린 사람이여!
아, 떠나버린 시절이여!

후두둑 후두둑
창문에 부딪히는 빗방울은
어둠 속으로 흘러가고
나는 추억하네
그 계절의 너와 나를
떠나가던 너의 뒷모습을

오고 가고

짧거나 긴 빙하의 시대가 오고 가고
길거나 짧은 폭염의 시대도 오고 간다

오고 가는 건 시간의 차이가 없다

폐쇄되었던 한 시대의 찬란했던 광산도
오늘은 유난히 망령이 되살아난 것처럼
쿵쾅거린다

오고 가지만, 바람이 내 옆을 조용히 스쳐갈 때
사라진 모든 것을 나는 느낀다

쿵쾅거렸던, 광부 손에 힘차게 들려져 있던
곡괭이 소리가 서글프게 울려 퍼진다

4. 친구 그리워

친구 그리워

늦가을 찬바람 목에 감기고
허전한 옆구리를 파고드는
이 저물녘

사람들의 발자국 소리
예배당의 종소리처럼 고즈넉할 때
문득 달처럼 떠오르는 얼굴 하나

징검다리 건너
감국 피는 언덕 아래 납작 엎드린
양철집 영식이,
중학교 졸업반 때
아버지 만나러 대구 간다더니
만나긴 만났을까

둥글한 눈으로
푸른 하늘 구름 더듬다 슬그머니
고개 돌리던 그 순한 얼굴

이젠 많이 달라졌겠지?

매연 냄새에 끼어 흘러드는
실낱같은 감국 향기의 끝을
그는 지금 어느 주소에서 따라가고 있을까?

목에 찬바람 감기고 허전한
늦가을 이 저물녘...

나의 것

고통도,
슬픔도,
외로움도 나의 것
아무리 아니라고 해도, 아무리 떨치려고 해도
쉼 없이 다가오는

다가와 아프게 속삭이는 그 모든 것들

그래도, 속 편하게 살고 싶은데
그래도, 어떤 어려움도 굳게 받아들일
돌이 되고 싶은데
그 세월의 깊이를 돌아 돌아 굳건한 돌이 되고,
되 보려고 하지만...

나의 것
깊은 설움과 그 사랑으로 받아들여야 하는
나의 것

뭐라고 하지 말자, 나의 것

사랑은

사랑은
자신을 가장 맑고 투명하게 볼 수 있는
마음의 거울

당신에게 했던 모든 사랑의 말들과
당신에게 보여주었던 모든 사랑의 몸짓들은
당신 안의 내 영혼을, 내 안의 당신 영혼을
사랑하겠다는 순결한 약속이므로

당신보다 먼저
사랑의 거울을 깨끗이 닦고 닦아내어
나 당신에게 아픔과 상처를 주는 일이 없도록
소중한 당신과 나 자신을 잃어버리는 일이 없도록
당신을 이해하고 아껴줄 것이네

자신을 사랑하지 않는 사람이
누군가를 진정으로 사랑할 수 없듯,
그대에게 다가설 수 있는 사랑이 되어
언제나 당신과 함께할 수 있는 진실한 사랑이 되어

그대와 하나 되는 사랑과 시간들을

맑고 고운 내 마음의 거울에
영원히 비춰보겠네

영원하라, 사진첩이여!

삶이 흐를 때마다
찍히는 기억의 필름

행복했던 시절의 즐거움과 기쁨이
어려웠던 시절의 아픔과 슬픔이
한 장 한 장 아름다운 영상으로 채색되지만

흐른다는 것은 변한다는 것
내 핏줄들 사이로 알알이 맺힌
추억들을 꺼내어 되새겨 봐도

영원히 간직하고 싶었던 기억들은
뿌연 안개 속 고개 숙인 가로등처럼
희미하게 살랑살랑이고

애써 지우고 싶었던 기억들은
숨 쉬려고 버둥대는 도마의 생선처럼
생생히 되살아나네

그렇듯이, 온 생애의 발자취,
그 인화액은 마르지 않아

마침내, 뼈와 살이 풍화되어 선명하게 현상되면
그렇게 완성된 사진이
추억의 사진첩에 고스란히 담기네
오, 빛바래져 가는 소중한 사진첩이여!
영원하라!

넘어서

넘으면 무언가 있다
이해할 수 없는 무언가가.
넘으면 애틋했던 무언가가 지나가고,
또 넘으면 나를 만날 수 있는 무언가가 있다

순서는 바뀔 수도 있지만
뭔가 있어야 버티고
버틸 수 있다는 무언가가 있어야 버틴다는

내가 던진 돌멩이

내가 힘껏 던지는 순간
돌멩이는 지금까지 살지 않았던 생의
또 다른 고비를 넘어간다.

한번 태어나 두 번 사는 순간이다
허공의 손으로는 잡을 수 없는
돌멩이의 가는 방향,
내가 의도한 지점은 강 건너 기슭이지만
추진력 떨어지면 어쩔 수 없이
전에 살았던 생으로 돌아간다
소멸, 창조, 성장하면서 받아들인
신경세포의 기억대로 굴레의 江에 도달한다
그 기억과 생각을 얻게 되기까지
부여받은 어쩔수 없는 생존의 눈물을 품고

내가 힘껏 던진 돌멩이는
오스트랄로피테쿠스가 던진 돌과
최후의 생존자가 던진 돌과
제각기 다른 파문의 동그라미를 그리며
소리 없이 굴레의 江 속 바닥에서
나란히 호흡하며 살아간다

자취방

따뜻한 어머니 자궁을
힘차게 비집고 나와
또 다시 부여받은
오직 '나' 만의 자취방

그 자취방에서
치열한 생존의 고투를 곱씹으며
수많은 이해관계의 얽히고설킨 그물망에 걸린
나를 돌아본다

'친구' 라는 이름을
'구성원' 이라는 역할을
'성공' 이라는 영광을
지치도록 꿈꾸지만
먼발치에 있는 흙의 고향으로 돌아가지 않는 한
'나' 자신이나 다름없는 자취방에서
무한반복 되는 꿈을 꿀 수밖에 없다

生命은 시작과 끝이 있어
꿈 또한 언젠가 그치리
그러나 꿈꾸는 자유만은 이토록 생생하다

몸부림

마음이 축축해질 때
하늘의 별을 바라보지만
내 눈에 뚜렷하게 담기지 않는다

눈물은 말라 가는데
왜, TV 연속극이나 다큐멘터리를 보면
눈물이 나는 걸까?
나랑 상관도 없는데

옛 생각을 해 보면
물안개 속 반짝이는 반딧불이 더 정겨웠다

기억이 난다
어미 문어는 굶어 죽어가지만
그 애틋한 새끼들이
바다 속에, 바다 위로 헤엄치기까지
온기를 넘겨주기 위해
몸부림치던 것을

나는 어디에

1.
무작정 집을 나섰다
갈 곳이 없었다
길 잃은 짐승처럼 이리저리 돌아다녔다

사람들의 발걸음은 슈퍼맨처럼 재빠르고
뜻 없이 주고받는 미소들이 증발된다
거대한 건물들이 뿌리박고 있는 황량한 도시
벌거숭이 미아 정신이 없다

자동차의 성난 경적 소리
후줄근한 아스팔트 열기
콧방귀 뀌는 꺼무스름한 매연
정처 없이 떠도는 사람들의 고함소리가 메아리친다

학교 급우들의 차가운 시선이
선생님의 체벌과 호통이
되살아난다
바닥을 기는 성적, 학교 교문을 서성이는 들러리
문제 일으키고 사고치는 문제아

선생님과 급우들의 시선이 예사롭지 않다
무.......시
야.......유
어느 샌가 외톨이가 되어있었다
수학공식이 판서된 칠판은 4차원 세계의 출입문
선생님 말씀은 주파수 잡히지 않는 라디오 소음
하교를 알리는 벨이 울리면
집으로 터벅터벅 ...
돌아가기가 무섭다

2.
제 2의 학교
늘상 아빤 티브이와 뒹굴고
엄만 반복적으로 읊어대는 앵무새인가
“공부 좀 해라, 그렇게 공부 안하고 말썽만
피우면 어떡하냐? 도대체 커서 뭐가 되려고
그러니…그래서 시집이나 가겠냐! …”

문을 잠그고 이불을 뒤집어쓴다
꿈에서 조나단을 보았다
드높은 창공을 향해 맘껏 날아다니는
의연하고 늠름한 새를
조나단은 나의 곁으로 다가와 손을 내밀었다
우리는 친구가 되어 한없이 날아 다녔다
그런데, 느닷없이 가시넝쿨에 둘러싸인

학교가, 집이 나타났다
무시무시한 가시넝쿨은 순식간에 나를 낚아채고
거대한 가시 입 속으로 나를 꾸역꾸역 밀어 넣었다

엄마가 세차게 문을 박차고 있었다
"학교에 빨리 가지 않으면 지각한다"
마지막 아침이 될 푸석푸석한 밥 알갱이를
목구멍에 처넣고 재빨리 나왔다

3.
무작정 돌아 다녔다
번쩍번쩍 네온사인
단란주점, 노래방, 비디오방, 나이트,
수많은 음식점,
화장을 덕지덕지 찍어 바른 앳된 얼굴의
내 또래의 아이들
그들은 내가 되고, 나는 그들이 된다
언제나 외톨이였던 내게
드디어 친구가 생긴 것이다
유흥가 주변 3평 남짓 쪽방에서 보냈다
하루, 이틀, 사흘 …… 밥값을 해야 한다

4.
낮엔 잠자고

밤엔 술 따르고
돈 많은 아저씨 따라, 생생한 오빠들 따라
술 마시고, 노래방 가고, 여관 가고,
다리 벌리고, 돈 벌고
거리의 우등생이 되었다

「 오렌지족 하룻밤 애인 역할 - 수
야타족 충실한 시녀 역할 - 수
배불뚝이 사장님 비서 역할 - 수
노래방 노래점수 - 수
공업용 본드 생산촉진 공헌도 - 수 」

우등상장 대신에
퍼런 지폐, 본드, 이름 모를 알약이 지급된다
향긋한 본드냄새에 만취되고
분해된 알약성분에 흥분되어
新世界에 빠져든다
우주괴물과 맞서 싸우는 전사가 되고
온 인류를 구출하는 정의의 배트맨도 되고
백마 탄 왕자님과 사랑을 나누는 공주도 되고 …
하지만, 깨어나면 모든 건 물거품이 된다

뒤엉킨 창자, 쓰라린 위장, 깨질 듯한 머리
지치다가, 힘들다가, 아프다가
깜박 잠이 들었다
꿈을 꾸었다

공부 잘하고 말도 잘 듣는 우등생
친구도 많고 인정받는 똑똑한 아이
엄마, 아빠 손을 마주잡고 산책 나가는 귀여운 딸
너무나 행복해서 눈물이 흐른다
꿈같지가 않다.
너무나 생생하다
꿈이 아닌 것이다
정말일까?
그런데, 꿈은 꿈인가
삐에로가 돼 버린 아빠가
실실 웃으며 엄마 뒤에 서 있고
엄만 마귀할멈으로 변해 끔직한 목소리로 말한다
"학교 늦었다. 빨리 일어나서 준비해라!
준비해라!"
그렇다, 학교 갈 시간이 늦었다
아니, 학교에 돌아갈 희망마저 늦어 버린 것이다

너무 늦어 버렸다, 모든 게.
쥐구멍 같은 창살 아래로 퍼붓는 햇살이
피부를 뚫고 심장에 와 닿는다
꿈에서 흘린 눈물인지,
눈이 부셔서 흘러나온 눈물인지
하염없이 볼 줄기를 따라 흐른다
힘없이 눈물을 닦지만, 어쩔 수 없다
시작된 하루는

5. 머리인지, 혹인지

1.5 리터 물을 마시고 있네

어제는 아무 생각 없이
'1.5 리터짜리 물' 을 마셨답니다

그 물은 어디로 갔을까요?

우리 신체의 70퍼센트는
물이라지요
그렇듯
온 몸을 휘감고 도는 물은, 붉은 피는
전 생애에 걸쳐 굽이굽이 흐르고
용솟음치고 뜨겁습니다

난, 생각해 봅니다
내 오줌과 땀은 어디로 가는지

물보다 더 빨리 흡수된다는
물보다 좋아 보이는 게토레이나
포카리스웨트는 나를 빠져나와 어디로 갔는지…

모두가 만나나요?
개천에서 강에서

바다에서 만나나요
때론 상수도를 거쳐 당신에게로 흘러가나요
오늘도 나는
'1.5 리터짜리 물' 을 마시려고 합니다
생명이 생명을 마셔 생명을 이어가고자 합니다

나 어느 날 물이 되어 저 하늘로 올라가겠죠
비가 되어 하늘에서 다시 내려오겠죠
그때까진 1.5리터짜리 물을 찾겠죠

고장 난 냉장고 파시오

살아남기 위해
쉴 새 없이 개폐되는 아가미처럼
심장은 그렇게 멍이 들었나보다

천상에 주렁주렁
탐스럽고 먹음직스런
慾望의 과일들
피톨들이 심장을 지나
지구를 몇 바퀴 돌고서야
비로소 힘겹게 거머쥔
生生한 과일들

쨍쨍한 뙤약볕에
비린내 진동시키는
축 늘어진 진열대 물고기마냥
쉽게 부패돼버리는 死死한 과일들

오백 리터 냉장고에다 잘 보관해야겠지

그리고, 저 위에 보이는
또 다른 盛盛한 과일들

텅 빈 냉장고 속을
하나하나 채워나가다 보면
냉장고는 또 다시 경운기 모터처럼 덜덜덜
달달달 거리고
전력을 힘차게 공급했던 심장은
온기를 잃고, 차가운 아이스드링크가 차오르지

그렇게 오백 리터 냉장고는
아이스드링크와 야합하고서
덜덜덜 달달달 덜덜덜 달달달
고물장수에게 팔려버리지
똥값에 말이야

어제나 오늘이나
저승사자 같은 고물장수는
떠나가라 외쳐대지

"고장 난 냉장고 파시오." 라고

인간 돌덩어리

머리가 굵어질수록
켜켜이 쌓이고
높아져만 가는
마음의 벽
타인은 타인일 수밖에 없는가

머리가 굵어질수록
더욱 견고해지고
두터워져만 가는
흉허물의 벽
나에게도 타인에게도 보여주기 싫은가

머리가 굵어질수록
커져만 가고
허물어지지 않는
아픔과 상처와 불신의 벽
아무도 믿을 수가 없는가

머리가 굵어질수록
너에게 다가가기 힘든 나는
인간 돌덩어리가 되어가는 건 아닐까

바람개비

언젠가부터
내 곁에 없었네
바람개비는

살랑살랑 이는 미풍에도
힘차게 뛰놀며, 순수한 미소를
흩날리던 개구쟁이는
어디론가 사라졌다네

구석구석 내 마음
신명나게 뛰어놀던
소중한 童心은,
존재조차 희미한 어느 작은 별에서
가쁜 숨을 몰아쉬며 눈물을 흘리네

아무리 애타게 불러봐도
소식 없이 떠나 간,
정다웁던 단짝동무는
돌아 올 생각을 안 하네

한참이나 울다 지쳐

잠에 들었더니,
마침내 꿈속에서
그립고 그립던 바람개비를 만나
예전처럼 아주 즐겁고 행복하게
뛰놀았다네. 해맑은 꼬맹이 모습으로

헤어질 때
바람개비는,
살포시 내 눈물을 닦아주고는
잊지 못할 말을 남긴 채
작은 별로 돌아갔다네

"사랑하는 나의 친구여,
나를 찾을 때마다 기쁨의 눈물을
나를 잊을 때마다 슬픔의 눈물을
별과 함께 영원히, 당신 곁을 비출 것입니다"

그때가 좋았지

대학교 다닐 때가 좋았지
고등학교 다닐 때가 좋았지
중학교 다닐 때가 좋았지
초등학교 다닐 때가 좋았지

쭈쭈바를 빨아먹으며
딱지치기에 정신 팔렸던 아이들
콩나물 먹고 키가 쑥쑥 자라나
하루빨리 어른 되기를 바랐다

좋아하는 첫사랑 여아랑 빨리 결혼하기 위해서
발가벗은 남녀가 나온다는 영화를
떳떳하게 보기 위해서
괴롭히는 동네형 혼내 주기 위해서
따발총처럼 쏟아 대는
엄마의 "하지 말라"는 지겨운 잔소리를 벗어나
금기의 벽을 넘어 자유를 누리기 위해서
그 무엇보다
어른 되면 모든 게 이루어질 거라는 생각에
어른 되기만을 바라고 바랐다
그랬던 아이가

그렇게 바랐던 어른이 되고서,
그렇게 벗어나기를 바랐던 아이를 꿈꾼다
그 무엇도 할 수 있다는 어른이 되고서
뭐가 모자라서
아이를 꿈꾸고
"그때가 좋았지." 라는 부질없는
과거를 끄집어내는가?

아이는 어른을 꿈꾸고
어른은 아이를 꿈꾸고
뭐가 잘못되긴 잘못되었나 보다

머리인지, 혹인지

내 어깨 위에 달린 것이
머리인지 혹인지
알 수 없네

멈추어 서 있는 시계를
멀뚱멀뚱 바라보면서
빨리 움직이라고
호되게 나무라는 내 어깨 위에,
혹이 달렸는지
머리가 달렸는지
정말 알 수 없네

이상을 꿈꾸면서도
현실에 안주하고
그러면서도,
만족하지 못하는
내 어깨 위에
머리와 혹이
나란히 달려 있네

머리는 혹을 나무라고

혹은 머리를 나무라는
내 어깨 위에,
덩그러니
시간의 '꽃' 이
피었다 열렸다
열렸다 피었다, 하네

종유석

영원한 미지의 저편,
사무치는 고통 속 눈물을
단아한 사랑으로 승화시킨 네 영혼이여!

나는 부끄럽기만 하구나
참을 수 없는 아픔과 상처까지도
한 마디의 원망이나 불평 없이
온 몸으로 끌어안아,
휘날리는 雪花보다
찬란하게 빛을 발하고 있구나

잘난 세상이야 어떻든
한 치의 빈틈없이 익을 대로 영글어
있으면서도 없는 듯
없으면서도 있는 듯
아름답게 살아가고 있구나
너를 바라다보는 나의 눈망울이
이리도 시리구나

가끔은 무인도를 꿈꾼다

원대한 우주 속 지구라는 곳에서
끝없이 되풀이되는 낡아빠진 일상과
반복의 반복을 거듭하는 뼈 없는 말짓과
죽여도 죽여도 끈질기게 곧추서는 끈질긴 성욕과
막강한 현실을 탈출하려는 불가능한 사유와
여인의 여인을 두루 섭렵해도 또 다른 사랑을
기웃대는 몰염치로부터
빠져나와 빠져나와 빠져나와
가끔은, 무인도를 꿈꾼다

그 어떤 인간도 근접할 수 없는 處女林

꾸밈이 없이 생명과 죽음의 세레나데를 연주하며
맘껏 뛰노는 티 없이 밝은 동물과
자연의 품에 안겨 젖을 빨고
무럭무럭 자라나는 새싹들이,
옹기종기, 얼굴을 맞대고 있는 無人島

하늘을 벗 삼아 별이 되기도 하고,
바다를 벗 삼아 인어가 되기도 하고,
산을 벗 삼아 소나무가 되기도 하는,

물아일체, 物我一體의 安貧樂道, 安貧樂道
가끔은, 무인도를 꿈꾼다…
비록 비수처럼 꽂히는 외로움을 떨쳐버릴 수 없고
이미 全身으로 체득한 문명의 利器를
잊을 수도 없지만
그래도, 가끔은 무인도를 꿈꾼다.

6. 시작은 그랬어도

눈빛

축 처진 내 눈빛은 좌판 위 희멀건 생선과
비슷하다
탓할 순 없지만, 눈물은 흐른다
약해서 믿을 수 없다

아둥바둥 살기 위해 몸부림치는 내 눈빛은
날카롭지만, 눈물은 흐른다
무섭지만, 믿을 수 있다

외로워서 아무 할 말이 없다
여유가 없어 이리 저리 생각할 겨를이 없다
아무리 이야기를 해도 소용이 없다
통해야 하고, 통해야 나눌 수 있는 그런
누군가가 필요하다.

눈빛은 기다린다
그런 누군가를.
모든 걸 떠나서
눈물을
함께 견뎌낼 수 있는

모든 게 詩

볼품없이 삐죽삐죽 나온 '詩' 도
'詩' 라 할 수 있어
어휘선택이 이상하거나 잘못된 것도
'詩' 라 할 수 있어
문장구조가 어설프고 어법이 틀린 것도
'詩' 라 할 수 있어
행의 구분과 연의 구분이 어중간한 것도
'詩' 라 할 수 있어
이미지가 낡은 것도 주제가
불확실한 것도 '詩' 라 할 수 있어
물론, 누군가는 맘에 안 들고 성에 차지
않겠지만 어떡해? 열심히 갈고 닦으며
쓰는 수밖에
난 포기하고 싶지 않아
열심히 또 열심히 쓸 거야…
그래, 모든 게 '詩' 라 할 수 있어
모든 인생이 '詩' 라 할 수 있는 거야
모든 인생이 '詩' 인 것이야

모순

거룩한 '애정' 의 이름으로 태어나
'무관심' 속에 자라더니
'어른' 이 되기도 전에 情事를 벌이고
'가정' 을 알기도 전에 결혼해서
'어른' 이 되기도 전에 '자식' 을 낳더니
학교에서 죽어라 배웠던 '돈벌이 교육' 에
철두철미 돈의 노예가 되어버리고
인생을 알만 하면
흙으로 돌아가 버린다

욕망

끊임없이 뿜어져 나오는
욕망의 연기

헤어날 수가 없다
빠져나올 틈새조차 없다
들어왔을 듯한 입구도 없고
나가야 할 출구도 없다
어…쩌…면
꿈속인지도 모른다

모든 것이 얼키설키 뒤엉켜
좌충우돌하는 와중에서도
에덴의 사과나무만이, 정 중앙에
또렷하게 뿌리박고 있다
갑자기, 그 사과에 입 맞추던 이브가 나타나
거울로 변해 버리고, 바로 그 거울 속에서,
내가 엉거주춤
가부좌를 틀었다 풀었다 한다

돌부처가 되려는 것인지,
거울 밖으로 나가려 하고

파계승이 되려는 것인지, 거울 안에 있으려 하니
어느 장단에 맞춰야 하는지
통째로 사과나무를 없애자니 너무나 아깝고,
거울을 깨뜨리자니 이브도 잃고
내 얼굴을 볼 수가 없으니, 이거야 참

욕망의 연기는
끊임없이 뿜어져 나온다

언젠가 있을

울어라! 울어라!

가슴 속에 맺히고 응어리진
너의 恨을 마음껏 풀어 보아라

검게 물든 하늘과 그 소중한 月出을
맘대로 채색해 보아라

야윈 손에 움켜 쥔 그 고통의 고배를,
울다 지쳐버린 고목 위 까마귀와 나누어 보아라

힘든 설움은 연이어, 무겁고 휑한 추를 매달지만
그 후엔, 찬란한 기쁨과 생명의 추가 흔들리고
있음을 잊지 말아라

그래도, 언젠가 있을 따사로운 봄날 햇살을
그래도, 언젠가 있을 상쾌한 가을바람을

왜! 왜! 그냥 지나치려 하는가!

시작은 그랬어도

그 누가 예측할 수 있었으랴!
뻔히 잘못된 것인 줄 알면서도
우유부단하게 선택한 결과는,
흉포한 감옥의
시퍼런 채찍질과 지긋지긋한 고문이었다

이미 늦어 버렸기에
이미 스스로 판 무덤이었기에
거덜난 몸으로, 부서진 마음으로
화병을 키워 왔다. 몸서리치며

그럴 수만 있다면, 얼마나 좋을 것인가?
미래의 상황을 분석 종합하여 대처할 수 있는
인생의 시나리오를 작성할 수 있다면
금융자산의 위험을 효과적으로 막을
시장위험관리처럼
자신의 吉凶禍福을 통제할 수 있는
인생의 위험관리시스템이 있다면
그 얼마나 좋을 것인가

언제까지,

인간이기를 포기한 채
몰락의 몰락을 거듭해 나가는
이율배반의 막다른 골목에서,
양심과 맞바꾼 기름진 몸뚱이가
마침내 벌레들이 우글대는
추잡한 해골이 되는 것을 수수방관할 것인가

나는 진심으로 바란다
아니 우리 모두는 진정으로 바란다
도저히 헤쳐 나올 수 없는 지경에까지
이르렀다 하더라도
엄숙한 신의 경고 속
희망찬 자신감과 용기를 끌어내고, 끌어내어
내일을 꿈꾸는 진정한 '인간' 이 되기를

무책임한 사람들과 새 생명

밤은 밤이라고
어두워지면
'그짓' 밖에 없다는 듯
'그짓' 이 덕목인양
서로의 몸을 탐하던 밤

'정충' 이라고 하는 정자
징그러운 벌레라 하여
'충' 자를 붙였나

요새는 콘돔도 전문화, 세계화 되었다지
그 멋진 놈의 늠름하고 의연한 자태가
다 보이는 야광콘돔,
비린내 나는 밤꽃냄새 대신 코를 자극하는
향수콘돔이
전 세계적으로 불티나게 팔린다고?

그런데 그것을 그놈에게 입히기도 전에
당신이 너무 좋으면
어쩔 수 없는 거잖아
산부인과가 바빠지는 거지

그렇게 빛을 본 아이들이
무책임한 부모들의, 나 몰라라 가정교육에
빛을 잃고 어두움에 찌들어 버린다니....

그러나 사람이 다시 정충이 될 수는 없는 법!
그 밤은 서툴렀어도
태어난 생명은 찬미 받아야 하리

때때로 위대한 인물 중에는
그런 출생도 있다고
나 어디선가 들었다네

사람이 다시 정충이 될 수는 없는 법!
그러니 우리 새 생명을 거두어들이세
그 전에, 그래 그 전에
우리의 밤을 정화할 거나
특별한 밤, 사랑의 눈동자를 기억할 거나

허매프러다이트

숱한 땀방울과 정열로
우리는,
지상천국을 일구어냈습니다
문명의 문명을 넘어가는 현대문명,
神의 능력과 겨루는 현대과학,
죽음에 도전하는 의학기술,
일탈된 정신궤도를 수정할 예술이 총망라된
그곳에서,
급기야는 감히 시간의 차원을 넘어 넘어
모든 동식물 위에 군림하는 '황제' 가
되었습니다

오로지 앞만을 바라보며 줄기차게 불살라 왔기에
그런 지상천국에서,
맛있는 음식을 먹고
멋있는 의상을 입고
그보다 맛있고 멋있는 異性을 만나
사랑을 나눠 왔습니다. 하지만,
그 정도로는 만족할 수 없는, 언제나
최고만을 고집하는 슈퍼컴퓨터 인류는,
온 은하계를 손아귀에 넣을 수 있는

더 찬란한 우주천국을 위해
인간의 가능성과 희망을 키워만 갑니다

오로지 앞만을 바라보며 줄기차게
생명을 불살라 왔기에
그런 지상천국이 멸망될 가능성을
망각하거나 부정하면서 살아왔습니다
그렇게 똑똑하고 지혜로운 인간이 그런 생각을
못했다는 것이
도무지 이해가 안 되지만, 이미
'지구종말' 의 단추는 눌러졌습니다

허매프러다이트 (Hermaphradite)

개화하는 휴머니즘에 입각한 르네상스와
풍요로운 산업혁명 이후,
열등한 초록식물은,
동물의 번식력을 제어하는 화학물질을 분비하여
수컷도 아닌, 암컷도 아닌,
兩性을 지닌 돌연변이를 양태시켜 왔습니다
게다가, 생활의 편의를 위해 개발된
화학물질들이
생태계를 파괴시키는 환경호르몬을
만들어 버렸고,
하등동물의 생식기가 작아져
임신의 가능성마저 불투명해졌습니다

또한, 陰莖과 陰門이 동시에 생겨나는
사태까지 생겨났습니다
심지어, 정자와 난자 수가 급격히 줄어들어
열성인자가 아우성치는
열등하고 하등한 새끼들을 量産해 왔습니다

그렇다면,
지상천국의 황제인 인간은
그 동안 무엇을 해 왔단 말인가요, 과연!
이젠, 인간마저도 스스로가 파 놓은
오염된 환경의 늪에 빠져버려,
대단한 활약을 해 왔던 정충들도 반으로 줄어
21세기를 이끌고 갈 수 있을지 의문이랍니다

허매프러다이트 (Hermaphradite)

분명히, 또 다른 해결법과 대처방안을 마련하여
순간순간 위기에서 벗어날 수 있겠지만,
인간의 힘과 지식으로도 어쩔 수 없는 상황이
돌출한다면 어떻게 할 것인지 궁금합니다
정말 궁금합니다

■ 작품해설 ■

투박한 언어들과 뜨거운 심장

우영창
(시인, 소설가)

이재원 시인은 고등학교(배재고) 후배이자 문예부 후배이기도 하다. 내가 72년도에 서울로 유학을 와 고등학교에 입학을 하니 학교 마당에 동상 하나가 서 있었다. 그 청동 동상은 손에 책 같은 걸 하나 들고 있었는데, 이 사람이 누구냐고 물어보자 김소월이라고 누가 말했다. 맙소사! 소월이 왜 여기 있냐고 하자 대선배님이라고 어서 인사를 드리라고 하였다.

알고 보니 소월은 다니던 오산학교(五山學校)가 3·1운동 후에 일시 폐교되자 배재고등보통학교로 편입을 와 졸업하게 된 것이었다. 더 알아보니 선배 중엔 나도향도 있었다. 김소월과 나도향이 졸업한 학교에 문예부가 없다는 것이 이상하게 생각되어 유도부를 탈퇴하고 몇몇 동지를 규합해 문예부를 창설하게 되었다. 당시에 '정동문학' 이라는 동인지를 발간하고자, 배재고 선배이자 '월간문학' 주간으로 계시던 조연현 선생께 찾아갔더니, 편집장이시던 조정래 소설가께서 우리를 서대문 인쇄소로 데려갔던 기억이 난다.

나는 고교를 졸업하고 대학에서도 문학을 전공했지만 고등학교 시절의 문예부는 까맣게 잊고 있었다. 그런데 몇 해 전 우연한 기회에 만난 젊은 친구가 자신이 배재고 문예부장 출신이라는 것이었다. 그동안 문예부가 계속 이어져 온 것이 대견하기도 하고, 신경을 못 쓴 것이 미안하기도 했다. 후배는 그때 써 놓은 시가 한 보따리 있었는데 2년 후에는, 등단을 하더니 시집을 묶고 싶다고 하였다. 우리 학교는 원래 선후배 사이가 고약해서 늙어 죽을 때까지 선배니 후배니 하는 판인지라, 시집 해설의 숙제를 안고 시들을 다시 한 번 찬찬이 읽어보았다. 20대부터 20년 이상 써온 시들이, 기존 시들의 수사법은 깡그리 무시한 채 직설적으로, 때론 1930년대 정서로 나열되어 있는 것이었다. 그런데 이상하게도 기존 시인들의 시에서는 좀체 전해오지 않던 어떤 감흥 같은 게 불쑥불쑥 오는 것이었다.

이래서 나는, 시란 도대체 무엇인가 하는 문제를 곰곰이 생각해 보기까지 했던 것이다. 언어를 멋지게 구사하는 것? 독특한 비유나 빛나는 경구로 독자를 깜짝 놀라게 하는 것? 원숙한 필치로 도도한 감흥의 세계로 인도하는 것? 이런저런 것을 떠올려보아도 정답이 있는 것 같지는 않고 어떤 시가 내 마음을 움직이는 부분이 있다면 그것은 나름대로 시적 진실을 갖추고 있다고 봐야 하지 않겠나 하는 생각이 들었다. 그리고 이재원 시인의 시들에는, 더러는 서투른 것 같지만 그 서투름 속에 진심이 있고, 또 어떤 부분은 일부러 서투름 속에 재능을 감추고 있지 않나 하는 의혹까지 들게 하는 구절들이 적지 않았던 것이다.

시집들을 읽을 때면 시집 말미에 붙은 그 해설이라는 것을 보고 있자면, 독해에 상당한 어려움이 따르고 결국은 읽다가 포기하는 경우가 많았다. 전문적인 용어들에 익숙하지 않은 탓도 있겠지만 시를 보는 기준이 나와는 크게 다른 경우가 많았던 것이다. 그래서 이재원의 시들을 해설하는데 있어 나는 특별히 전문적인 비평방식을 택하지 않고(잘 모르기도 하지만) 그저 범부의 소박한 심성으로 다가가보고자 한다.

그 전에 질문을 하나 던지자면, 우리는 왜 시를 읽을까? 텔레비전을 틀면 300개도 넘는 채널이 뉴스, 드라마, 음악, 음식, 여행 그리고 스포츠를 쉴 새 없이 내보내고 있으며 천 만 관객을 넘어서는 영화들이 복합영화관에서 팝콘과 함께 기다리고 있고, 야구장과 축구장에서는 드라마틱한 승부가 펼쳐지고 있으며 스마트폰으로 기사와 동영상과 웹툰을 검색하다 보면 남는 시간은 얼마 되지 않는데... 이마저 가사노동이나 경조사에 투여해야 하는데... 그런데도 짬을 내서 시를 읽는 사람들이 있으니, 아무리 즐길 거리가 많다고 해도 시에 대한 우리의 관심은 아직도 온기를 갖고 있는 듯하다.

세계에서 가장 시를 즐기는 민족이라 해도 과언이 아닐 것이다. 오늘날 시는 과거처럼 전통적인 방식인 시집과 문예지 외에도 블로그나 카페나 트윗 등을 통해 실시간으로 유통되고 있다. 중앙 일간지에서도 시는 빠지지 않는 연재거리 중 하나이다. 사람들은 하루에 비타민을 한 알을 먹듯이 시 한편을 먹는다고 생각하는지도 모른다. 시에 어떤 기능이 있고 시의 무엇이 우리를 끄는 것일까? 바쁜 세상살이인지라 산문처럼 긴 글보단 짧은 글들로 최소한의 필수 영양분을 흡수하려 하는 것일까. 그렇다면 그 영양소는 무엇인가. 아마도 그건 다른 매체가 쉽게 줄 수 없는 무엇일 게다. 그러다 보니 일견 약장사 같은 시인들도 매우 많이 나서게 되었고, 시의 인플레가 진행되고 있기도 하다. 그런데 그 중에 우리의 가슴을 적시는 시들은 얼마나 될까?

유감스럽게도 유명시인들의 작품들에서도 상당수의 불량품들이 생산되고 있고, 우리는 미각을 잃어버린 사람처럼 또는 미각을 강요당하는 사람들처럼, 잘 다듬어져 규격화된 시들을 별 다른 저항 없이 받아들이고 있다. 한 마디로 시가 공산품처럼 소비되고 있는 현실이라고나 할까.

직업에서 길어낸 투박한 언어들

각설하고, 이재원 시인의 시집으로 들어가서 살펴보면, 그의 시들은 대략 다섯 부문으로 나눌 수 있다.

첫째, 직업과 관련된 시들이다. 개인사업을 시작하면서 겪었던 고통과 시련들 그럼에도 포기할 수 없는 희망과 신념에 관한 것들이다. 일반적으로 경제행위를 담는 작품은 문학과는 거리가 멀다고, 또 거리가 멀어야 한다는 고정관념이 있다. 그랬기에, '사업가와 시인' 이라는 두 타이틀은 어딘가 어울리지 않고 겉도는 느낌을 주며, 사업가의 시라고 하면 전문성과는 거리가 있는 걸로 여기는 경향이 강했다. 이는 아마도 문학은 물질보다는 정신을, 경제행위보다는 영혼의 추구를 해야 한다는 선입관이 작용한 까닭이기도 할 것이다.

그러나 오늘날 이런 구분은 무의미해졌다. 인구의 대다수가 경제행위에 종사하고 있고 누구나 돈을 벌지 않으면 살아갈 수 없는 시대를 살아가고 있다. 이런 상황 속에서 경제를 얘기하지 않고 영혼과 정신 또는 음풍농월을 얘기한다는 건 어찌 보면 직무유기라고 할 수도 있다. 시의 핵심은 모든 사물과 현상뿐 아니라, 인간의 삶 속, 활동 속에 그리고 관계 속에 있는 것이며 설령 정신과 영혼을 추구한다 하더라도 이러한 경제행위와의 관계나 갈등 속에서 시가 자리하고 가지를 뻗는 것은 지극히 자연스러운 것이라 할 수 있다. 그리고 그 어느 것보다도 우리는 경제와 관련해 많은 시련을 겪고 상처를 받고 또 그 와중에서도 내일을 설계한다. 이재원 시인이 따라서 자신의 삶과 유리되지 않는 방향으로 시를 전개해 나갈 때, 경제행위와 관련된 많은 것을 노래함은 당연한 것이다.

먼저 <사업 11년차> 라는 시를 보면, 이 시는 사업을 시작하고, 10년이 지나 사업적으로 매우 힘든 시기에 쓰인 시로 보인다.

빨간 딱지, 밀려버린 급여, 세무조사,
갑자기 늘어난 6억의 빚
몇 억을 투자해 개발한 제품은 팔리지 않고
마침내 스스로 그만 두는 직원들
그리고 내가 해고할 수밖에 없었던 직원들

모든 걸 참아내야 했다

중략...

뜻하지 않게 생긴 공황장애,
숨을 쉴 수도 없는 공포와 무서움...
한 끼 식사조차도 할 수 없었다
오로지 깡소주와 몇 천원의 과자로
잠을 청하였던 날들

〈사업 11년차〉에서

여기엔 어떤 수사나 시적 장치도 없다, 사실의 나열과 그리고 자신에게 일어난 일들을 그저 담담히 술회할 뿐이다. 언어의 특별한 가공이 없는 이런 시를 시의 기준에 미치지 못한다고 말하기는 쉽다. 그러나 여기엔 시인이 언어로는 다 담을 수 없는 어떤 상황에 대한 절박함이 있다. 그런 절박함이, 시적 분위기를 조성하는 노력마저 포기시키고 있다. 그러나 우리가 이런 시를 보고 아무것도 느끼지 못하는 것은 아니다. 산문체의 이런 건조한 서술에는 감성적인 언어가 닿지 못하는 서늘한 세계가 있다. 이런 진술은 〈울면서라도〉에서도 드러난다.

차츰 나이가 들어 눈은 멀고, 못 걸어도,
그래서 피눈물이 나와도,
울면서라도 밥은 먹어야 하지 않을까

그래도 내 하나뿐인 목숨이기에

〈울면서라도〉에서

어머니의 자궁 같은 자취방에서 한없이 고통스러워하는 화자는, 그래도 '밥은 먹어야 하지 않을까' 하고 자문하고 있다. 생존은 그 무엇보다 우선되는 것이기 때문이다.

'친구' 라는 이름을
'구성원' 이라는 역할을
'성공' 이라는 영광을
지치도록 꿈꾸지만
먼발치에 있는 흙의 고향으로 돌아가지 않는 한
'나' 자신이나 다름없는 자취방에서
무한반복 되는 꿈을 꿀 수밖에 없다

生命은 시작과 끝이 있어
꿈 또한 언젠가 그치리
그러나 꿈꾸는 자유만은 이토록 생생하다

〈자취방〉 에서

〈자취방〉에서는 좀 더 구체화된 생존의 모습이 나타난다. 그 생존은 그냥 밥만 먹고 살아가는 세계가 아니다. 그것은 꿈꾸는 생존이다. 꿈은 실현되지 않으면서 무한반복 되고, 그래서 가끔은 포기하고 싶지만, 그러나 시인의 마음은 여전히 꿈을 놓을 수 없다.

동심을 찾아

이재원 시의 두 번째 특성은, 동심에의 그리움과 회귀본능이다. 시인은 어린 시절의 순수하고 천진했던 동심이 세월이 가면서 빛이 바래고 그 흔적조차 희미해지는 걸 느낀다. 삶이 그렇게 오염될수록 시인은 더욱 동심의 세계를 그리워한다. 이는 단순히 그리워하는 차원이 아니라, 그 세계를 다시 한 번 그때의 그 마음으로 살아보고 싶다는 염원으로 나타난다.

어린 시절
앙상한 뼈가 드러난 가슴에
그래도 눈망울은 살아 껌벅이며
내 손길이보다 두 배쯤 큰 메기를 잡느라
시간 가는 줄 몰랐던 때,
바퀴벌레만큼 느낌은 징그러웠지만
손바닥에 몰려드는 포획감은
어머니 젖가슴을 보듬는 것보다 좋았다

개천을 쏜살같이 미끄러지는 메기를 잡기란
무척 어려웠다
그 놈의 진로방향,

거센 물줄기의 압력,
움켜잡기엔 턱없이 작은 손
번번이 놓치다 마침내 포획한 황금빛 물고기는
번뜩이는, 어떤 희망이었지

〈메기의 비늘〉에서

냇가에서 메기를 잡던 시절의, 그 메기의 포획감은 어머니 젖가슴처럼 포근했다. 그리고 그 황금빛 물고기는 번뜩이는 어떤 희망이었다. 그 시절의 희망은 지금 어떤 형태로 변질되어 시인을 회환에 잠기게 하는 것일까.

아무리 애타게 불러봐도
소식 없이 떠나 간,
정다웁던 단짝동무는
돌아 올 생각을 안 하네

한참이나 울다 지쳐
잠에 들었더니,
마침내 꿈속에서
그립고 그립던 바람개비를 만나
예전처럼 아주 즐겁고 행복하게
뛰놀았다네. 해맑은 꼬맹이 모습으로
헤어질 때
바람개비는,
살포시 내 눈물을 닦아주고는
잊지 못할 말을 남긴 채

작은 별로 돌아갔다네

"사랑하는 나의 친구여,
나를 찾을 때마다 기쁨의 눈물을
나를 잊을 때마다 슬픔의 눈물을
별과 함께 영원히, 당신 곁을 비출 것입니다"

〈바람개비〉 에서

동심은 어릴 적 친구와 함께 놀이했던 바람개비로도 되살아난다. 수사도 없이 서투르게 쓰인 듯한 이 시는 그러나 진심이 오롯이 전해오는 애틋한 시간들을 우리에게 선사해 준다. 시를 이렇게 쓴다는 것은 때로 용기를 필요로 한다. 두려움을 이겨내고 용기를 내어 쓸 때 진실은 원형을 간직한 채 투박한 빛을 발한다. 그 동심은 또한 살아가면서 여럿의 사진으로 인화되어 추억의 사진첩에 담긴다. 간직하고 싶었던 것은 '뿌연 안개' 속에 있고 지우고 싶었던 기억들은 '도마 위 생선처럼' 잔인하게 되살아나는 시간들의 사진첩이다.

영원히 간직하고 싶었던 기억들은
뿌연 안개 속 고개 숙인 가로등처럼
희미하게 살랑살랑이고

애써 지우고 싶었던 기억들은
숨 쉬려고 버둥대는 도마의 생선처럼

생생히 되살아나네

그렇듯이, 온 생애의 발자취,
그 인화액은 마르지 않아
마침내, 뼈와 살이 풍화되어 선명하게 현상되면
그렇게 완성된 사진이
추억의 사진첩에 고스란히 담기네

〈영원하라 사진첩이여!〉 에서

서정을 말할 때

그의 시가 또 한 번 빛을 낼 때는 서정을 노래할 때이다.

네게 가기 위해
남발했던 뜨거운 열정

너를 이루기 위해
거세게 껴안았던 힘찬 포옹

너와 내가 하나 되기 위해
세차게 빨아들였던 붉은 입술

그랬던가
'하나' 가 되었다고
앞으로도 '하나' 가 되겠다고

무릎 꿇고 조물주 앞에 맹세했던가

그러나 '하나' 란 머나 먼 길
체념과 부정의 굽은 길들 위에서도
'그렇게 돼야 해' 하고 자맥질했던 시간들

지금
우리 곁에 남은 건,
"그렇게 사는 거야" 라는
습관의 삶
수용할 수도, 거부할 수도 없는
사랑, 그 속의 삶
달면 씹고, 써도 뱉어내지 못하는
삶, 그 속의 사랑

<사랑, 그 속의 삶> 전문

'표제시' 인 이 시는 삶 속에 사랑이 어떻게 작동하는지 뜨거운 심장과 격정적인 언어로 전달하고 있다. 그것은 또한 수용할 수도 거부 할 수도 없는, '사랑 그 속의 삶' 이며 달면 씹고, 써도 뱉어내지 못하는 '삶, 그 속의 사랑' 이기도 하다. 삶과 사랑은 서로가 서로를 포함하는 이중구조 속에서, 모순과 긍정을 함께 내포하고 있다. 시인에게 사랑은 그동안 습관의 삶으로 있어왔지만 그의 내심 속에 사랑은 서로가 서로를 충족케 하는 영원히 추구해야 할 그 무엇으로 남아 있다. 사랑을 하는 사람은 고독해지기도 한다.

나는 더 이상 님을 찾지 않는다
나를 찾는 님도 없다
그래도 바람은 분다
그러나 조용히 내 곁을 스쳐갈 뿐
그 어떤 말도 하지 않는다

대상없는 사랑과
염치없는 식욕과 성욕,
남루한 삶을 치열하게 만드는
방부제인가
미련 많은 세상살이에 대한 그리움인가

〈고독〉*에서*

스스로 님을 찾지 않고 자신을 찾는 님도 없지만, 무분별과 식욕과 성욕이 뒤섞인 사랑이란 것이 남루한 삶에 대한 방부제인지 미련 많은 세상살이에 대한 그리움인지 시인은 묻고 있다. 어느 쪽일까? 시인은 그 '둘 다'라고 말하는지도 모르겠다. 이처럼 시인의 사랑은 이상적인 추구이면서도 가장 현실적인 비루함과 남루함을 끌어안고 흘러가는 어떤 흐름이지 고정된 것이 아니다. 그것이 '사랑의 진실'의 한 단면이라고 시인은 말하고 있다.

외로워서 아무 할 말이 없다

여유가 없어 이리 저리 생각할 겨를이 없다
아무리 이야기를 해도 소용이 없다
통해야 하고, 통해야 나눌 수 있는 그런
누군가가 필요하다.

눈빛은 기다린다
그런 누군가를.
모든 걸 떠나서
눈물을
함께 견뎌낼 수 있는

<눈빛> 에서

나는 이 시를 읽는 순간, 산문이 어떻게 시가 되는지 경험을 하는 것 같았다. 아무리 공들여 써도 시가 진심을 전하는 건 쉬운 일이 아닌데 이 시는 그 역할을 충실히 수행하고 있다. 이런 시를 보면, 쉬운 게 어려운 일이라는 말이 떠오른다. 이 시에서 시인은 진정한 소통을 기다리고 있다. 그것은, 모든 걸 떠나서 기쁨과 슬픔을 함께할 수 있는 동반자를 찾고자 하는 소망이다. 진심이 있기에 그 소망은 이뤄지리라는 생각이 든다.

시인은 개인적인 자아 속에만 갇혀 있지는 않는다. 그가 사업을 하면서 또한 살아오면서 느낀 것은, 사람은 관계 속에서 살아가고, 일과 관련되어서도 그 일은 참된 인간관계 속에서 맺어져야 한다고 하는 것 같다. 그는 도움을 받았고 도움을 주고 싶고 앞으로도 그렇게 살아가고 싶다. 사업체는 간단한 것이 아니다, 개인적인 시 쓰기가 개인적인 만족으로 그치지 않는 이유도 거기에 있다. 그에겐 책임져야 할 구성원들이 있다. 그 책임은 신성한 것이며 지속되어야 하고 무엇보다 우선 되어야 한다. 때문에 그는 일을 내려놓을 수 없는 것이다.

그러한 의식은 사회 전반에 관한 영역으로 확대되어 탈북자의 고통스러운 처지나 예수의 진정한 가르침에 대해 말하고 싶게 한다. 이는 문명비판적인 시 '허매프러다이트' 나 '진화되는 꿈들' 같은 시를 낳는다. 사업은 그가 개인적인 경제행위뿐 아니라 삶과 사회를 폭넓게 볼 수 있는 계기를 마련한다. 그러므로 그에겐 사업이 문학과 대척점에 있는 것이 아니라 앞으로도 시를 쓰는 동력으로 작용할 것임을 짐작케 한다.

동물들을 불러오다

네 번째로 동물들을 소재로 한 시들이다. 그의 시엔 동물이 여러 차례 등장한다.

놈은 여전히 돼지 멱따고 있었다
꺽꺽거리는 그 지겨운 소리만큼이나
볼품이 없었다
누리끼리 제 멋대로 뻗은 털, 야윈 몸통,
붉게 충혈된 눈,
이상하게도 혼내 주고 싶은 마음을 증폭시켰다

나를 발견한 울보는 더 큰 소리로 울어대다
갑자기 뚝 그쳤다
게다가 꼬리까지 살랑살랑 흔들어 댔다
이윽고 우리의 시선이 마주쳤다
그 순간 난 지독히도 외롭고 슬픈 울보의
그 무엇을 느꼈다

발길을 돌렸다
밑의 집 개 울보처럼 어디에선가
피눈물을 흘리고 있을 사람들,
따스한 태양이 내려 쬐고 있는 이 순간에도
아무도 모르게 차디찬 골방에서
죽어 가는 그들을 나는 떠올리고 있었다
그런 내 등에다 대고
밑의 집 개 울보가 또 죽어라 울어댄다

<밑의 집 개 울보> 에서

울보는 바로 사회에서 피눈물을 흘리고 있는 사람들이고 차디찬 골방에서 죽어가는 사람들이다. 그들은 어쩜 그 자신이었을 수도 있는, 우리가 잊으면 안 되는 사회의 구성원들이다.

돌뿌리에 걸려 상처를 입고,
발톱 세운 수리나 들짐승에 목숨을 잃을 뻔 하고,
독이 서린 먹이를 섭취해
죽음을 넘나들기도 하면서,
그렇게
아픔을 핥아내며 살았다

때로 심장을 도려내고 싶었다
그 고단한 심장을 꺼내 바싹 태우고 싶었다
그러나, 난 태어날 때부터 산토끼였기에
거북의 등을 타고 용궁에 갈 수 없었다
그렇게, 인간들에게 회자되던 별주부전이
떠난 후, 비로소 나의 운명을 알게 되었다
'죽을 때까지 겅중겅중 뛰어야 한다' 는 사실을

<산토끼의 진실> 에서

토끼는 살아가며 상처 입고 때로 죽음의 위험에 처해 있다. 시인은 토끼의 그러한 모습에서 '죽을 때까지 겅중겅중 뛰어야 한다' 는 냉혹한 사실을 직시한다. 그것은 운명이지만 그렇다고 개인에게 책임 지워야 할 운명은 아니다. 사회 전체의 구조적인 모순의 결과이자 그 희생양인 우리의 모습이다. 시란 어쩜. 그러한 사실을 깨닫는 데에서 출발하는 것이며 그것이 포기나 좌절이나 체념으로 이

어져야 한다는 것은 아닐 것이다. 그러므로 토끼의 이야기는 어쩜 지금부터 다시 씌어져야 하는지도 모른다.

이웃과 사회를 향해

마지막으로 그의 시는 이웃과 사회에 관한 시들이다.

> 무작정 돌아 다녔다
> 번쩍번쩍 네온사인
> 단란주점, 노래방, 비디오방, 나이트,
> 수많은 음식점,
> 화장을 덕지덕지 찍어 바른 앳된 얼굴의
> 내 또래의 아이들
> 그들은 내가 되고, 나는 그들이 된다
> 언제나 외톨이였던 내게
> 드디어 친구가 생긴 것이다
> 유흥가 주변 3평 남짓 쪽방에서 보냈다
> 하루, 이틀, 사흘 … … 밥값을 해야 한다

〈나는 어디에〉에서

이것은 집나간 어린 여학생에 관한 얘기지만 나와 너의 처지가 다르지 않은 현실 속에서, 우리가 방치하고 있는 사회의 어두운 면을 드러낸다. 그런 면은 '무책임한 사람들과 새 생명' 에서도 나타난다.

그렇게 빛을 본 아이들이
무책임한 부모들의, 나 몰라라 가정교육에
빛을 잃고 어두움에 찌들어 버린다니...

그러나 사람이 다시 정충이 될 수는 없는 법!
그 밤은 서툴렀어도
태어난 생명은 찬미 받아야 하리

<무책임한 사람들과 새 생명> 에서

이 땅은 지금도 원하지 않는 생명이 태어나고 때로 생명을 부여받지 못하고 낙태되는 그런 세상이다. 그러나 경위야 어떻든 태어난 이상 새 생명은 존중받고 찬미 받아야 한다. 왜? 그것은 생명이니까. 생명은 신성하니까. 이것은 경고와 소망의 두 목소리이다. 생명은 태어나면 또한 진화의 진통을 겪는다.

끊임없이 부풀리고, 줄어드는
꿈들의 고통을 느끼는 자궁은
당당하게 곧추서려는 의지를 꺾고
능력을 무화시키기도 한다

순수하고 뜨거웠던 열정의 꿈들조차 분해되고
미래가 불투명한 꿈들로 재생된다

그러면, 등급이 매겨진 인큐베이터에 옮겨져
주기적으로 성장촉진제를 맞게 된다

그 약효에 의지해서 세상을 헤쳐 나가려 하지만
헤픈 웃음과 눈물의 기저귀에
모욕과 상처의 고름을 배출하는 시간이 늘어난다

〈진화하는 꿈들〉에서

꿈들은 분해되고 모욕과 상처의 시간들이 늘어난다. 성장촉진제를 맞지만, 삶이란 그런 것이지만, 그것이 다는 아니다. 꿈은 다시 부활하거나, 적어도 부활의 날갯짓은 멈출 수 없다.

순결하고 뜨겁고 치열한

망망대해를 항해하는
외로운 돛단배

해가 뜨고
달이 져도
항구는
보이지 않네
말없는 바다는
넓고도 깊어

백발 같은 주름살이
주렁주렁 열리고

세찬 물결을 가르는 나침반에도
숱한 이끼가 돋았네

그렇지만, 이 어둠 속에서도
갈 길을 밝혀주는 총총한 별들은
유난히 반짝이네

〈돛단배〉 전문

우리의 삶은 어둠 속에서도 태곳적부터 인간의 운명을 안내해온, 별들의 안내를 받아 가야 할 길을 찾아 간다. 그 길은 멀지만 그만큼 가치 있는 길이다. 시인은 아마도 그 길을 가고자 하는 것 같다.

이재원의 시들은 오늘날 주류를 이루고 있는 '언어들의 세련된 가공품' 이 아니다.

거친 삶 속에서 자신을 알기 위해 삶의 폐허와 그 잔해를 딛고 전진하는 자의 자기 진술이다. 시단의 기준으로 볼 때 그의 시가 일견 낯설어 보일 수도 있을 것이다. 흔히 말하는 시적 성취도나 완성도 면에서 여지가 있다고 볼 수도 있을 것이다. 그러나 우리는 알아야 한다. 진실은 가공하지 않는 데서, 감동은 삶에서 길어낸 절박함에서 오는 것임을. 앞에서도 말한 바와 같이 그의 시는, 시적 재능을 숨기고 있는 게 아닌가 하는 혐의를 받을 만큼의 시적 성취도도 부분적으로 보여주고 있다.

근래의 시들은 기술적인 면을 발휘해 지나치게 우리의 정서와 감정과 영혼을 윽박질러오고, 세련된 감성에 세련된 감성으로 호응해오기를 요구해왔다. 때로는 소박함과 진정성을 미끼로 독자에게 감동을 강요해왔다.

시는, 그런 게 아닐 수도 있다. 그의 말처럼 '모든 게 시' 일 수도 있는 것이다.

볼품없이 삐죽삐죽 나온 '詩' 도
'詩' 라 할 수 있어
어휘선택이 이상하거나 잘못된 것도
'詩' 라 할 수 있어
문장구조가 어설프고 어법이 틀린 것도
'詩' 라 할 수 있어
행의 구분과 연의 구분이 어중간한 것도
'詩' 라 할 수 있어
이미지가 낡은 것도 주제가 불확실한 것도
'詩' 라 할 수 있어
물론, 누군가는 맘에 안 들고 성에 차지 않겠지만
어떡해? 열심히 갈고 닦으며 쓰는 수밖에
난 포기하고 싶지 않아

열심히 또 열심히 쓸 거야…
그래, 모든 게 '詩' 라 할 수 있어
모든 인생이 '詩' 라 할 수 있는 거야
모든 인생이 '詩' 인 것이야

<모든 게 詩> *전문*

그렇다. 그에겐 '모든 게 시' 이고 '모든 게 시의 질료' 가 될 수 있고 우리 인생 자체가 시이면서 동시에 시를 꿈꾸는 것일 수도 있다. 앞으로도 그는 시를 쓸 것이며 그의 말대로 포기하지 않고 시의 길을 갈 것이다. 전문가처럼 보이는 세련된 시인들만 좋은 시를 쓰는 게 아니다. 그의 시는 우리에게 시를 좀 더 폭넓게 받아들일 것을 요구하고 있다.

첫 시집은 일생에서 한 번뿐이다, 그만큼 순결하고 뜨겁고 치열한 것이다.

이재원의 첫 시집 '사랑, 그 속의 삶' 이 그런 면에서 그에 어떻게 부응하고 있는지 우리는 이 시집을 통해 확인할 수 있을 것이다.

'운동성과 회화성을 동시에 지닌 언어 운용, 그리고 큰 틀에서 생을 성찰하는 눈을 가진 신인의 출현을 반긴다.' 박이도 시인과 감태준 시인이 등단작에 대한 심사평에서 평한 대로, 큰 틀에서 생을 성찰하고자 하는 시인이 다시 시집으로 출발하는 과정을 지켜보며. 나는 선배로서, 또 같은 길을 가는 문우로서, 그가 다음엔 또 다른 목소리를 갖고 어쩜 보다 깊은 시선을 갖고 우리 곁으로 돌아올 것으로 생각한다. 건투를 빈다.

이재원 시집
사랑, 그 속의 삶

초판 1쇄 인쇄 2016년 2월 15일
초판 1쇄 발행 2016년 2월 24일

지은이 이재원
펴낸이 홍행숙
총괄기획 구기수
디자인 고주안
펴낸곳 문학의문학

등록번호 105-91-90635

주소/ 서울시 마포구 토정로 222
한국출판협동조합 4층 422호
전화/ 722-3588
팩스/ 722-3587

ISBN 979-11-952739-7-3 03810

값 13,000원